CB059966

O menino disse mar
© Rogerio Alves, texto, 2024.
© Bia Watanabe, ilustrações, 2024.
© Palavras Projetos Editoriais Ltda., 2024.
Publicado mediante acordo com a agência literária Mil-Folhas.

Responsabilidade editorial:
Ebe Spadaccini

Edição:
Denis Antonio
Vivian Pennafiel

Revisão:
Camila Lins
Patrícia Murari
Simone Garcia

Edição de arte:
Walmir Santos

Projeto gráfico e diagramação:
Gustavo Abumrad

Produção gráfica:
Isaias Cardoso

Impressão e acabamento:
Gráfica Printi

1ª edição • São Paulo • 2024

PALAVRAS

Todos os direitos reservados à Palavras Projetos Editoriais Ltda.
Rua Padre Bento Dias Pacheco, 62, Pinheiros
CEP 05427-070 – São Paulo – SP
Telefone: +55 11 2362-5109
www.palavraseducacao.com.br
faleconosco@palavraseducacao.com.br

Dados Internacionais de Catalogação na Publicação (CIP) de acordo com ISBD

A474m   Alves, Rogerio

O menino disse mar / Rogerio Alves; ilustrado por Bia Watanabe.
São Paulo: Palavras Projetos Editoriais Ltda., 2024.

32 p. : il ; 22,5 cm × 15,6 cm.

ISBN: 978-65-6078-041-5

1. Literatura infantil. 2. Mar. I. Watanabe, Bia. II. Título.

2024-3335   CDD 028.5
                                                                                                                                 CDU 82-93

Elaborado por Odilio Hilario Moreira Junior - CRB-8/9949

Índice para catálogo sistemático:

1. Literatura infantil 028.5
2. Literatura infantil 82-93

Este livro foi composto com fonte FreightSans Pro e impresso em papel couchê 150g/m² pela gráfica Printi, em dezembro de 2024, com grandes palavras escritas, desenhadas, ditas e sentidas.

ROGERIO ALVES   BIA WATANABE

O MENINO DISSE MAR

1ª edição • São Paulo • 2024

PALAVRAS

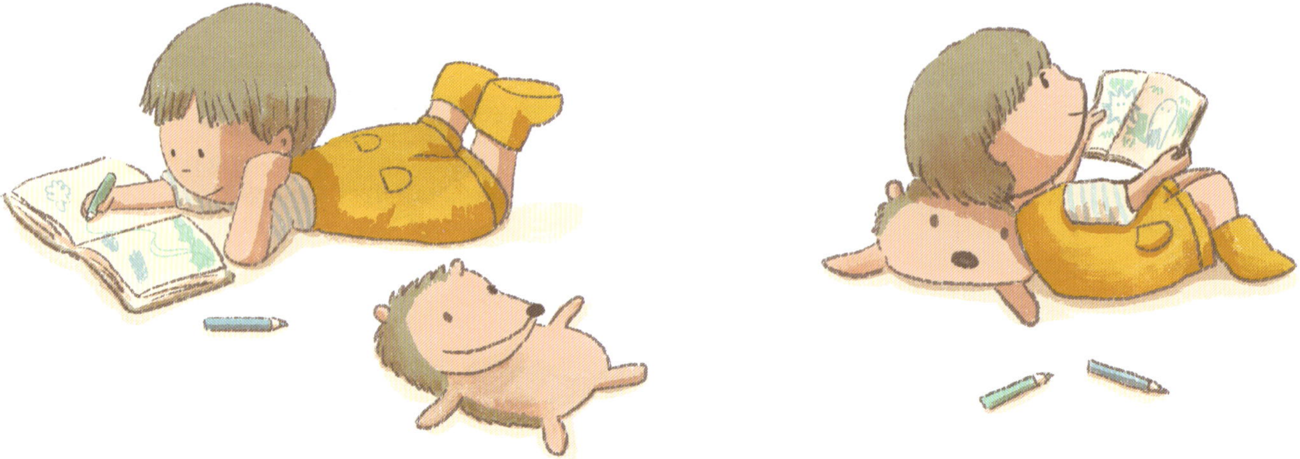

PERGUNTEI PARA O MENINO
COM UM TOM DE DESAFIO:
— QUAL É A MAIOR PALAVRA
QUE NOS LIVROS VOCÊ VIU?

ELE SEMPRE TÃO CALADO,
SEM PARAR PARA PENSAR,
RESPONDEU DE IMEDIATO.
O MENINO DISSE:

MAR!

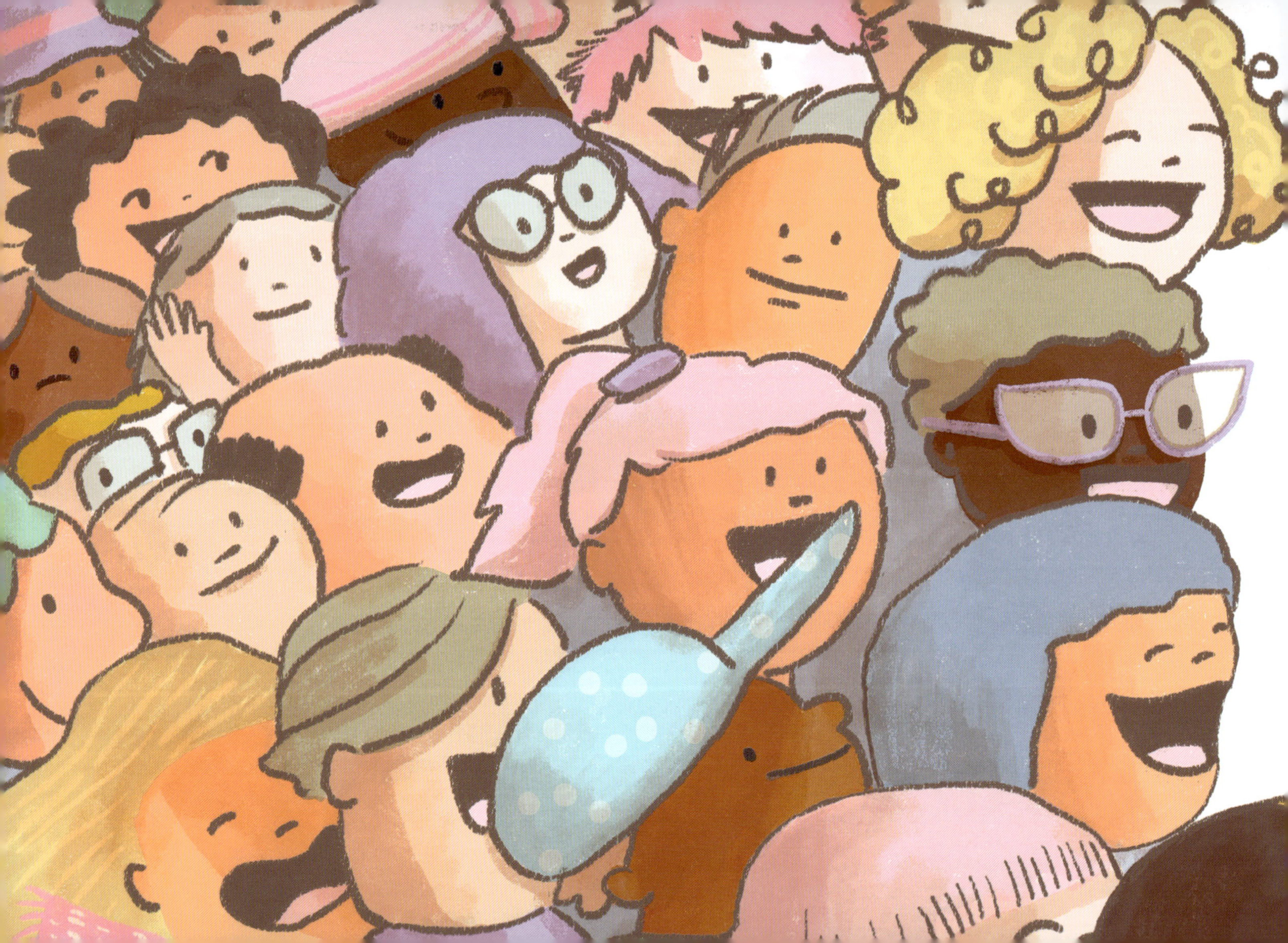

— O MENINO DISSE MAR?
A PERGUNTA SE ESPALHOU.
— O MENINO DISSE MAR?
TODO MUNDO GARGALHOU.

O MENINO DISSE MAR
E ELE TEM SUA RAZÃO.

COMO PODEM TRÊS LETRINHAS
CARREGAR A IMENSIDÃO?

SEM DEMORA ESCREVA AÍ
NESSA SUA REDAÇÃO
AS LETRINHAS M-A-R...
VEJA SÓ QUE VASTIDÃO!

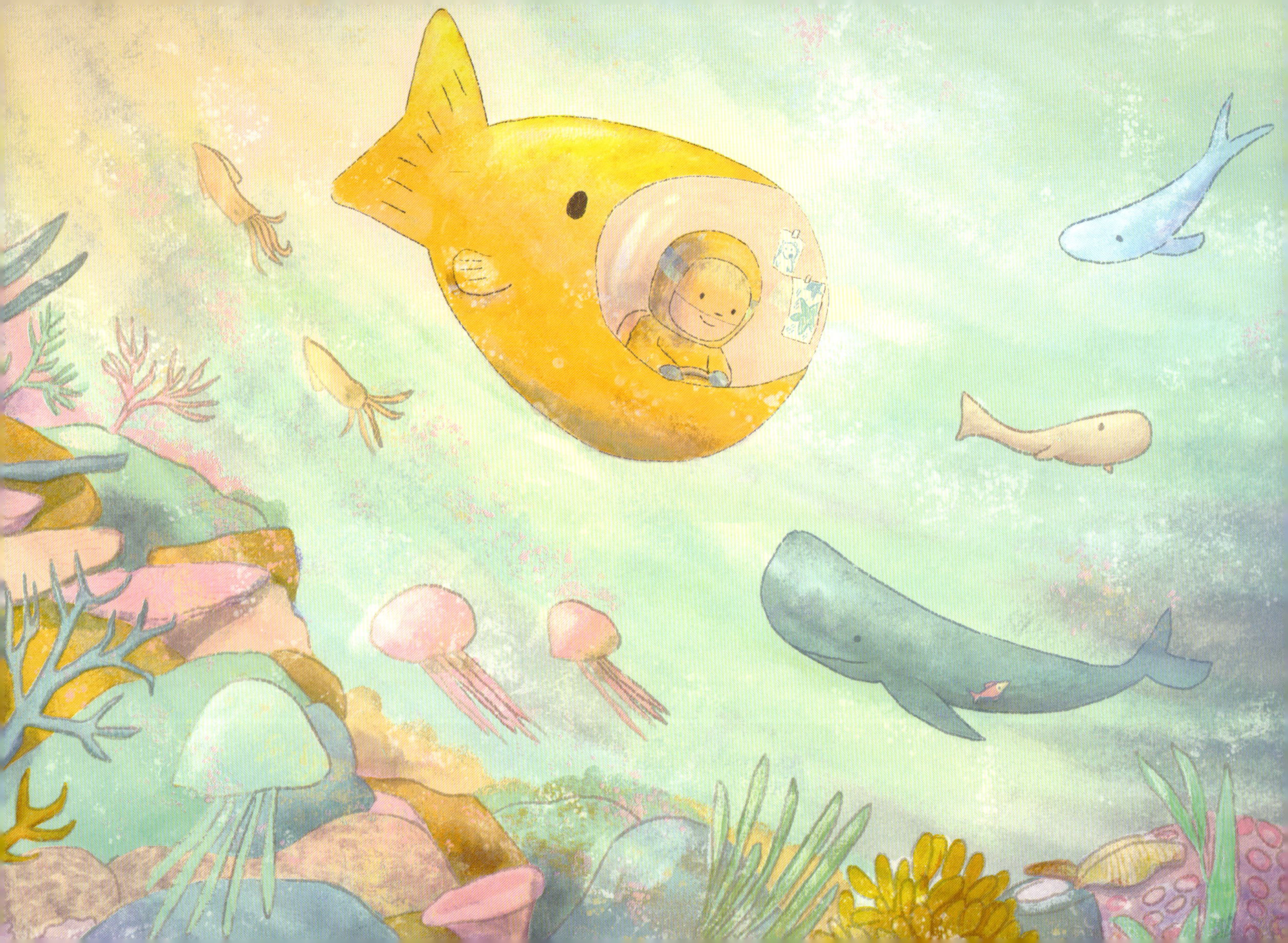

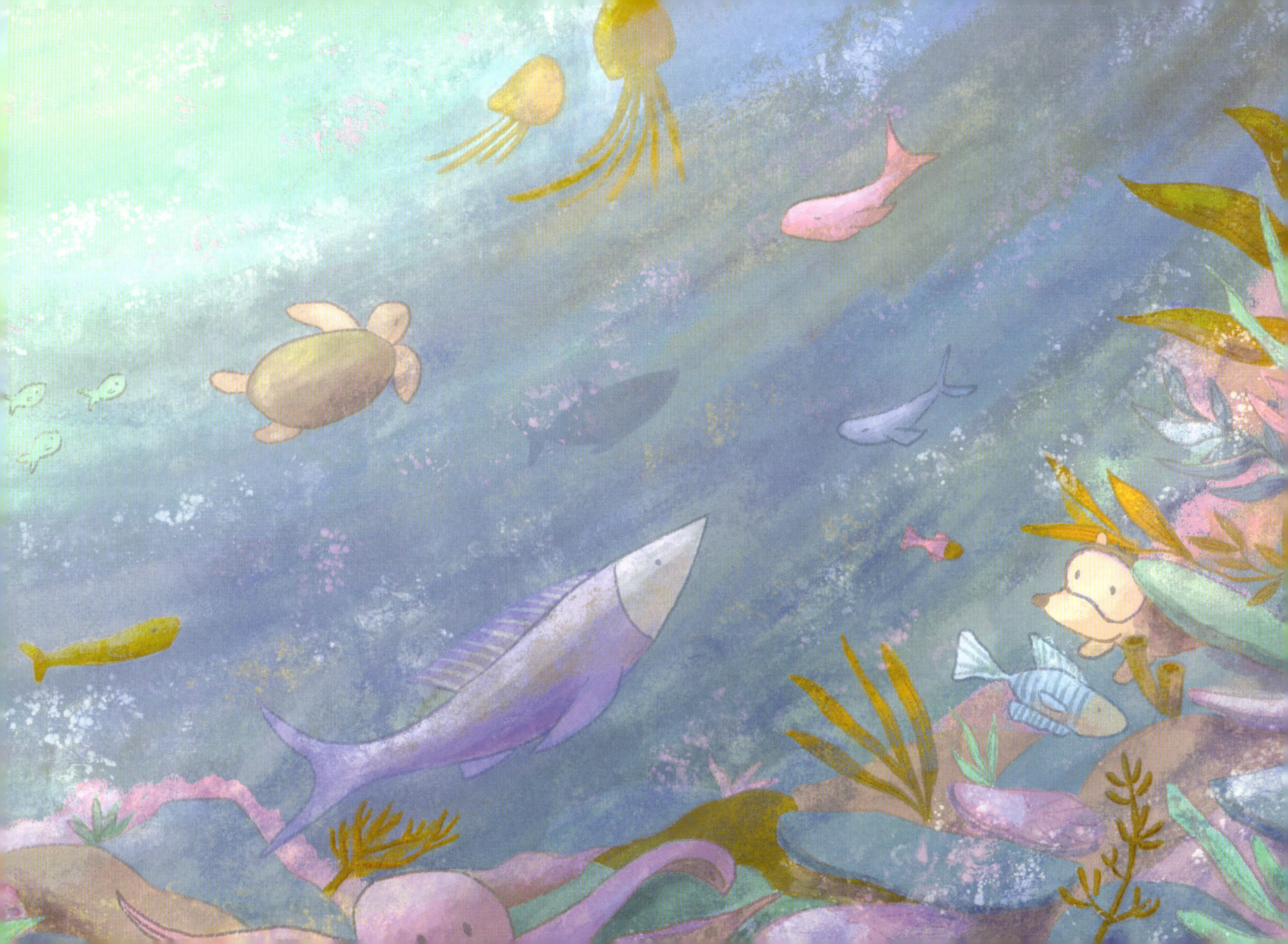

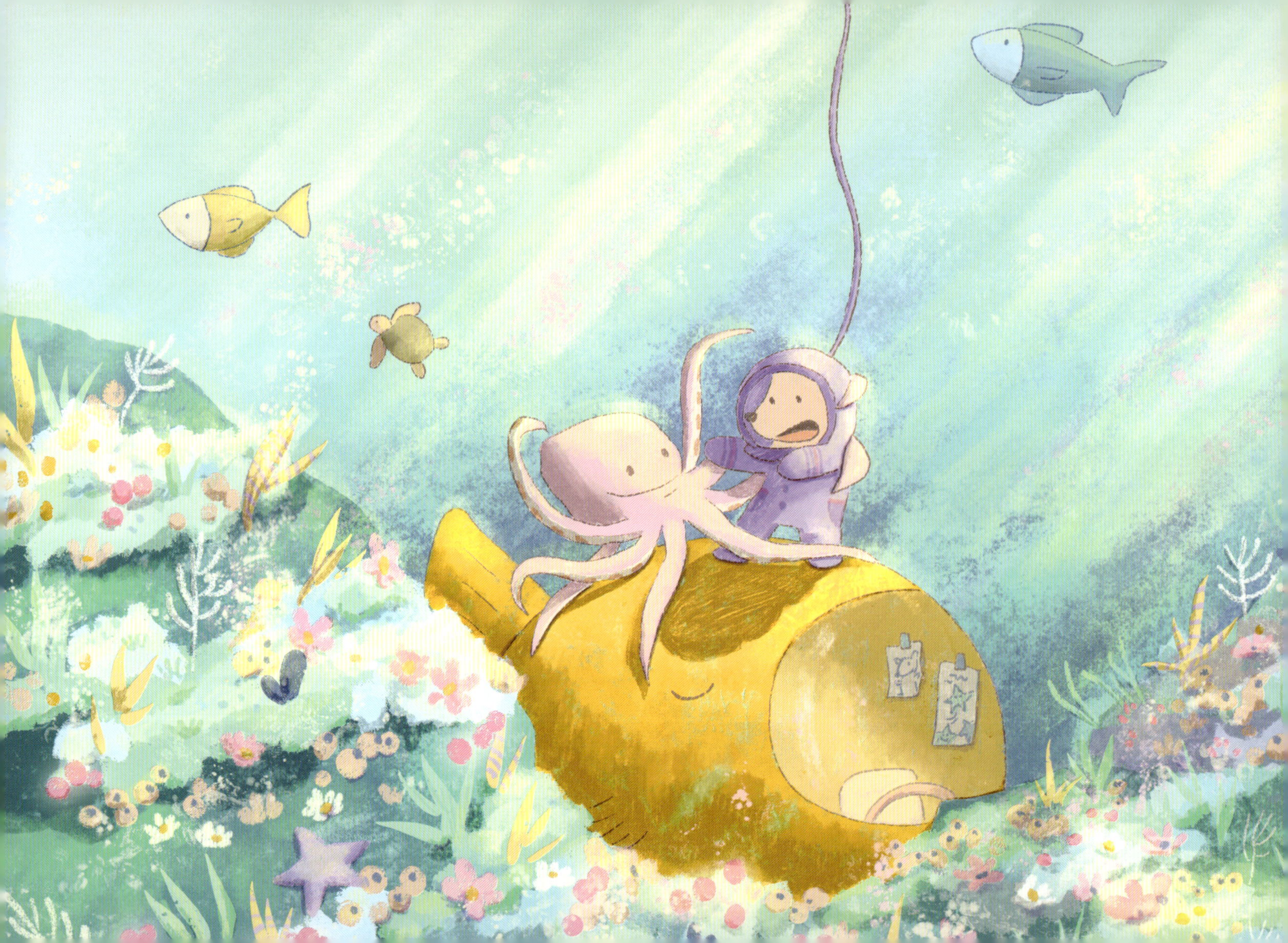

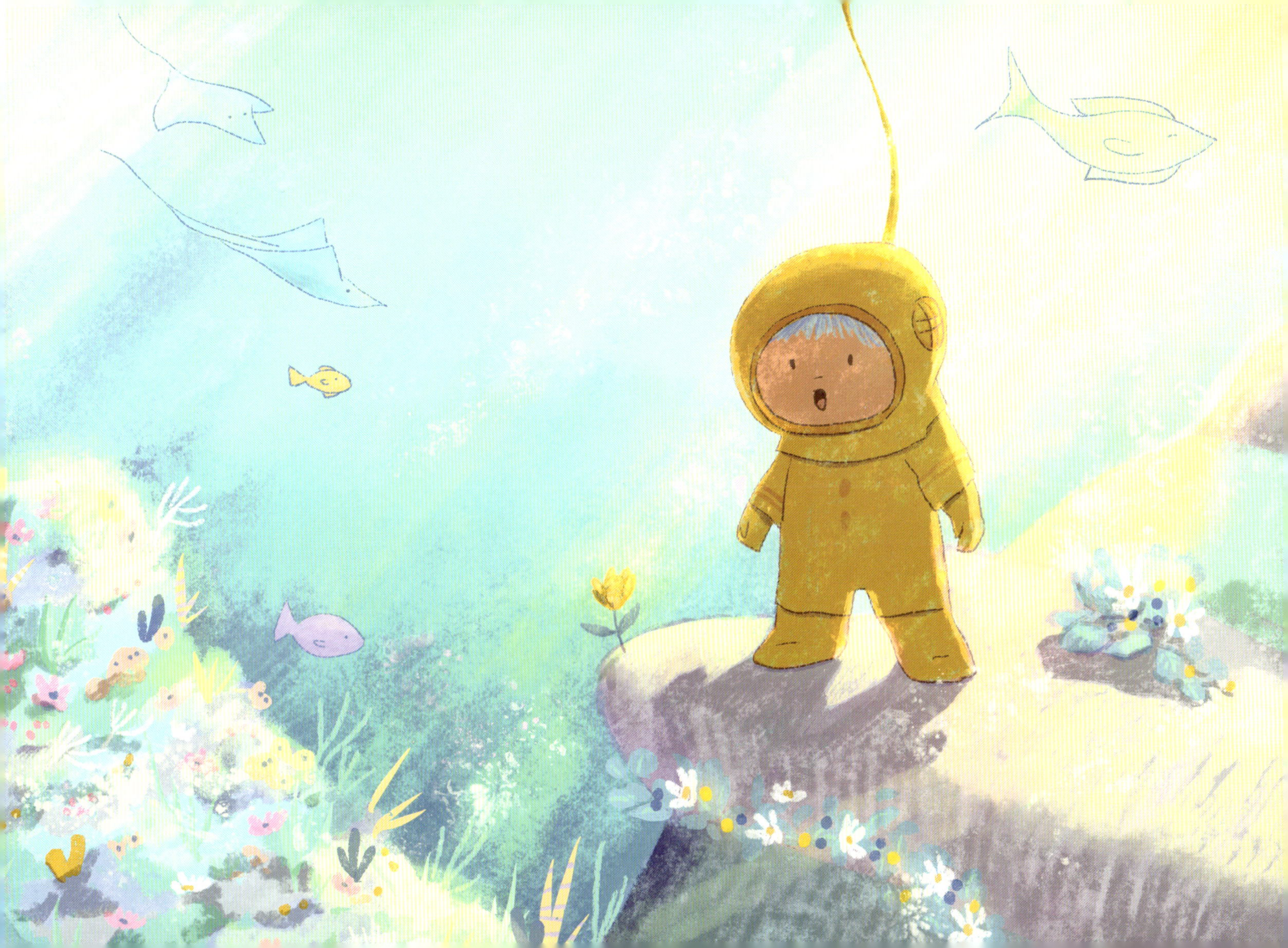

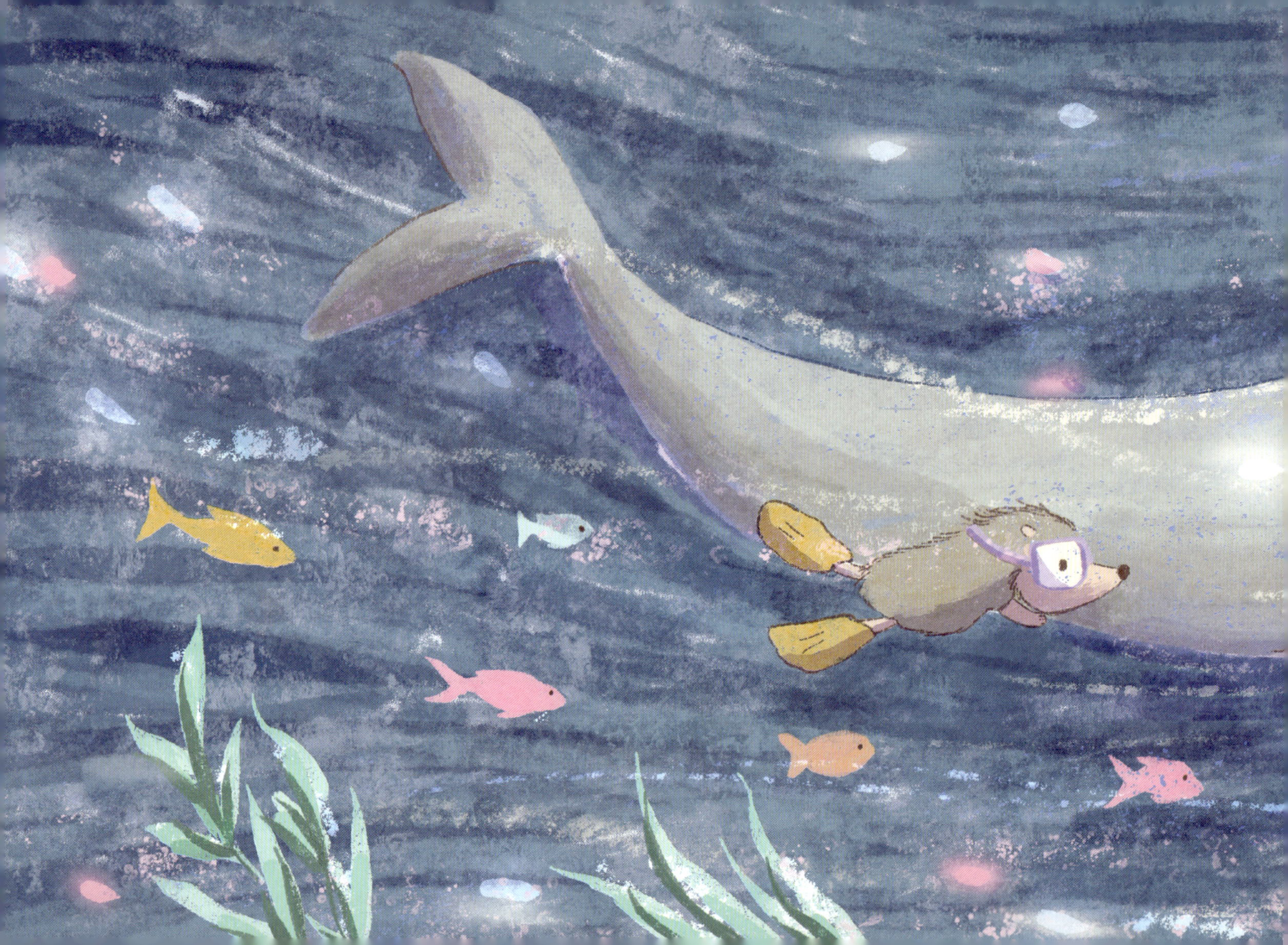

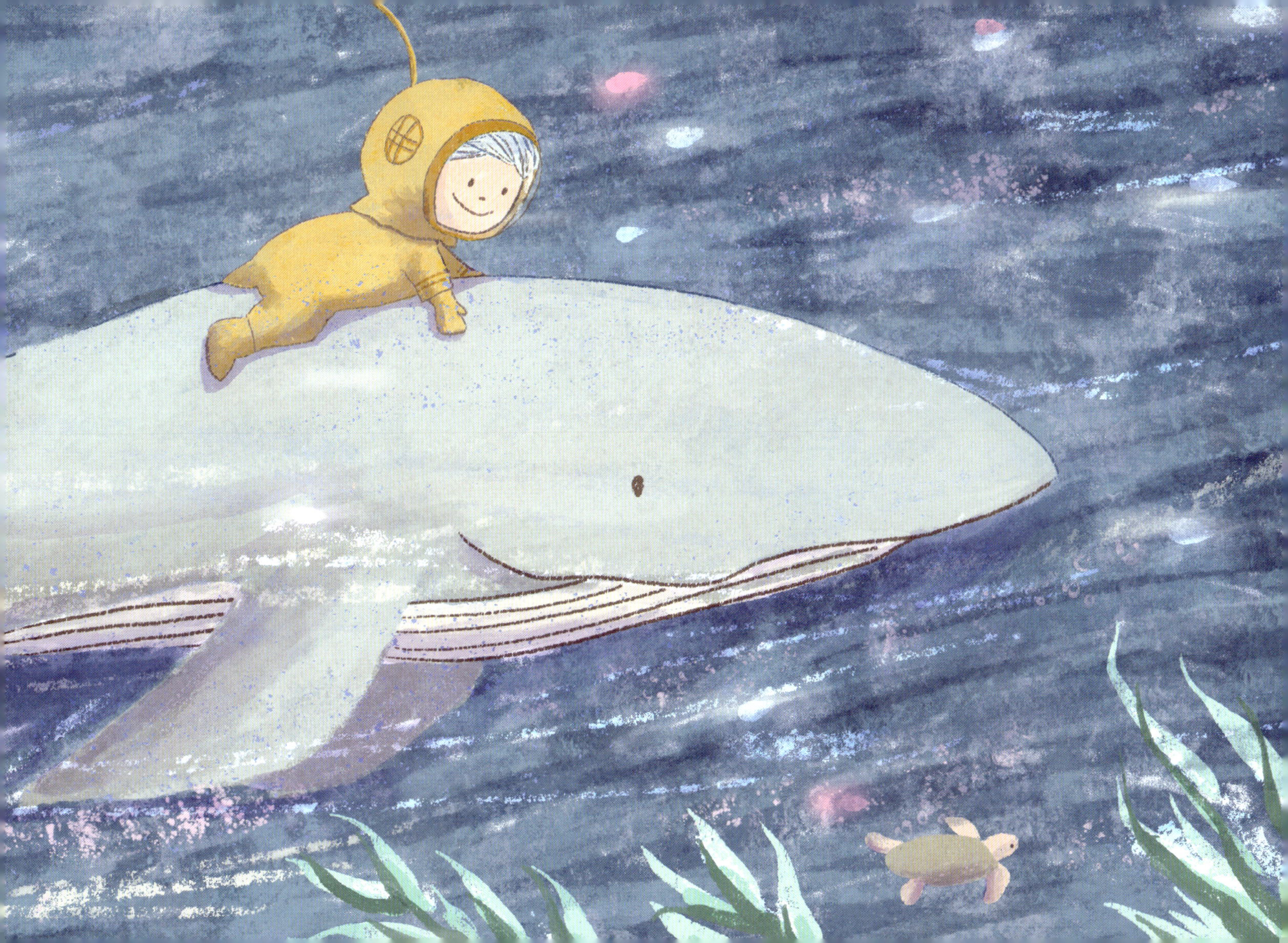

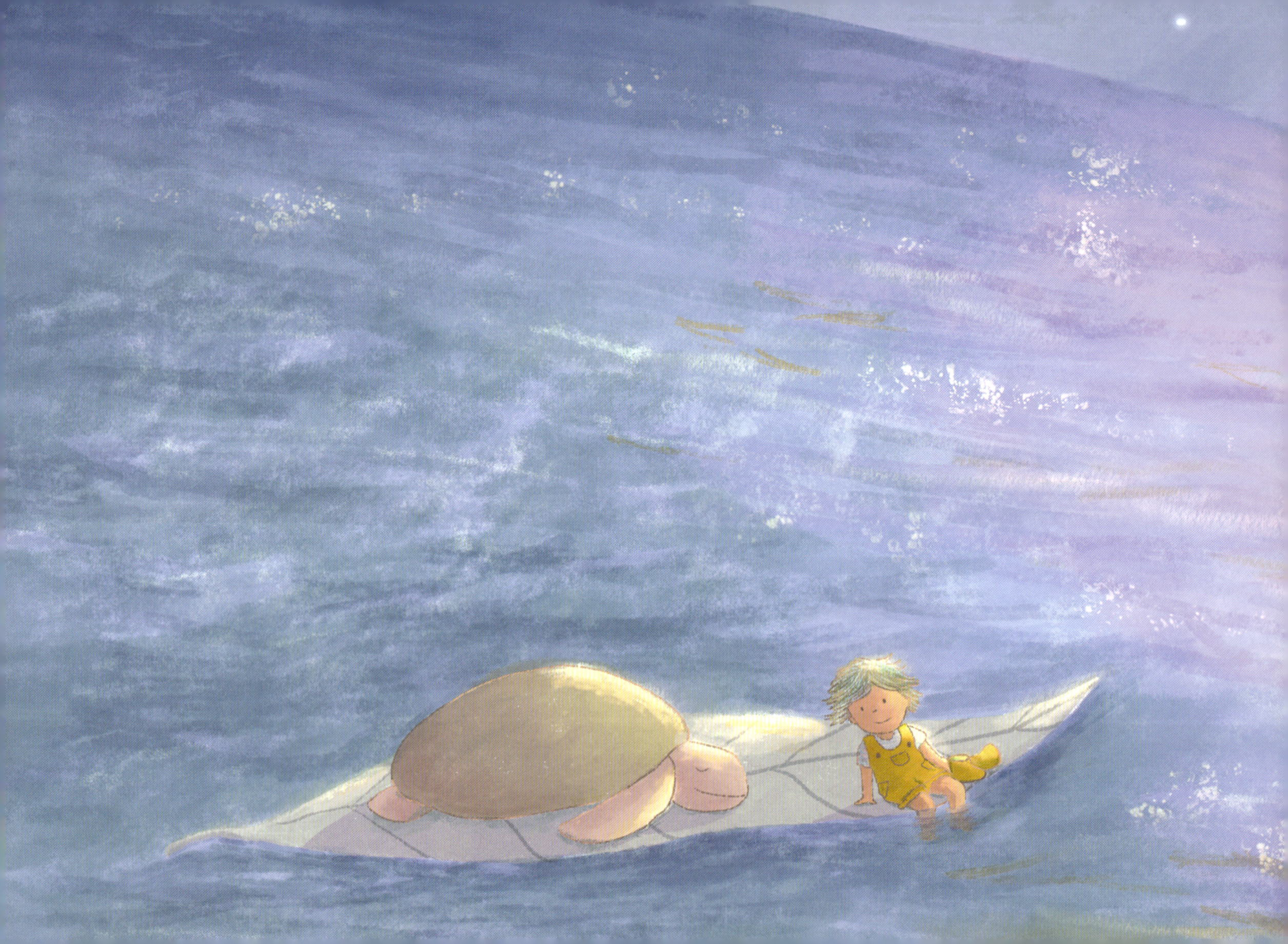

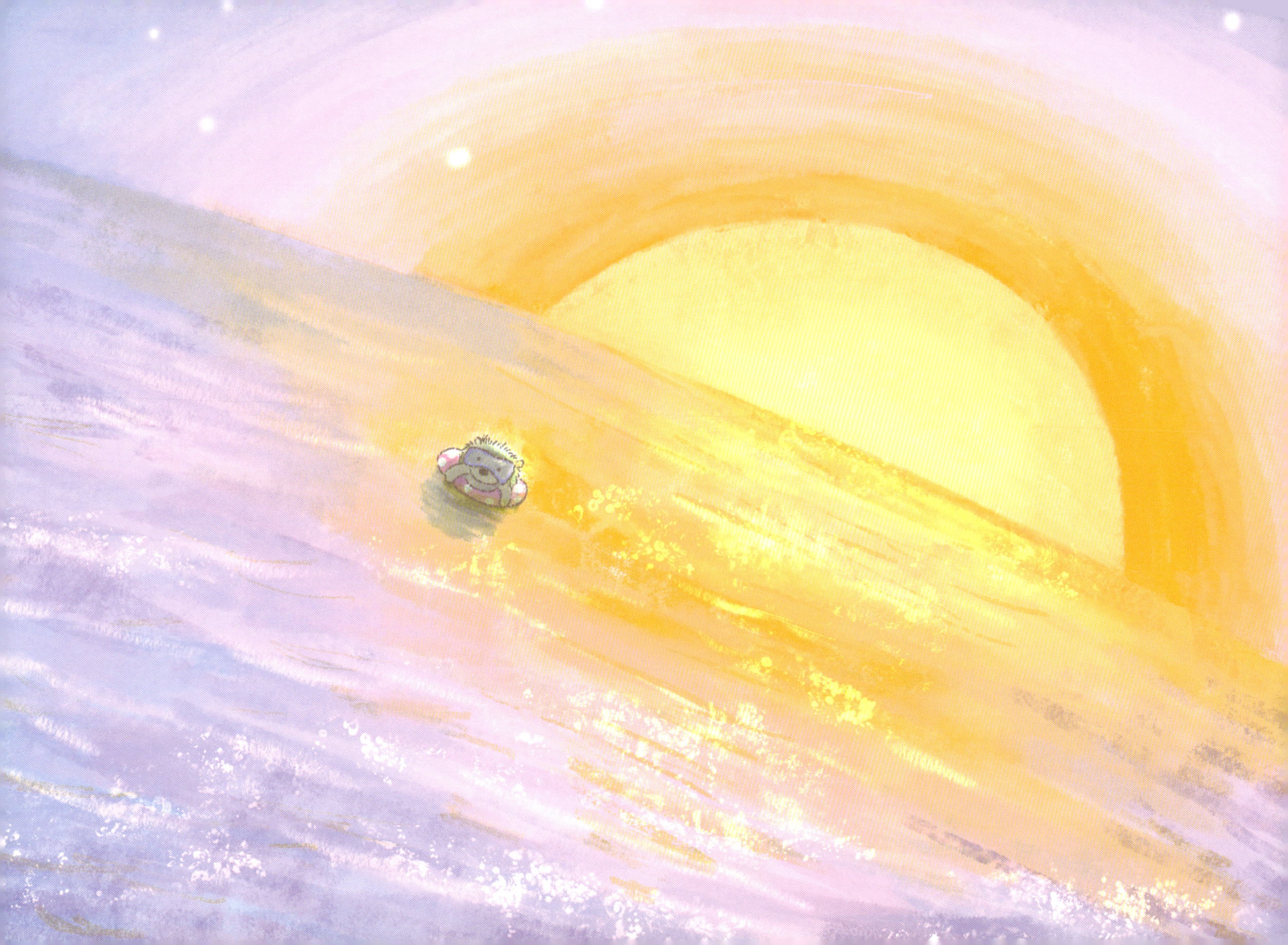

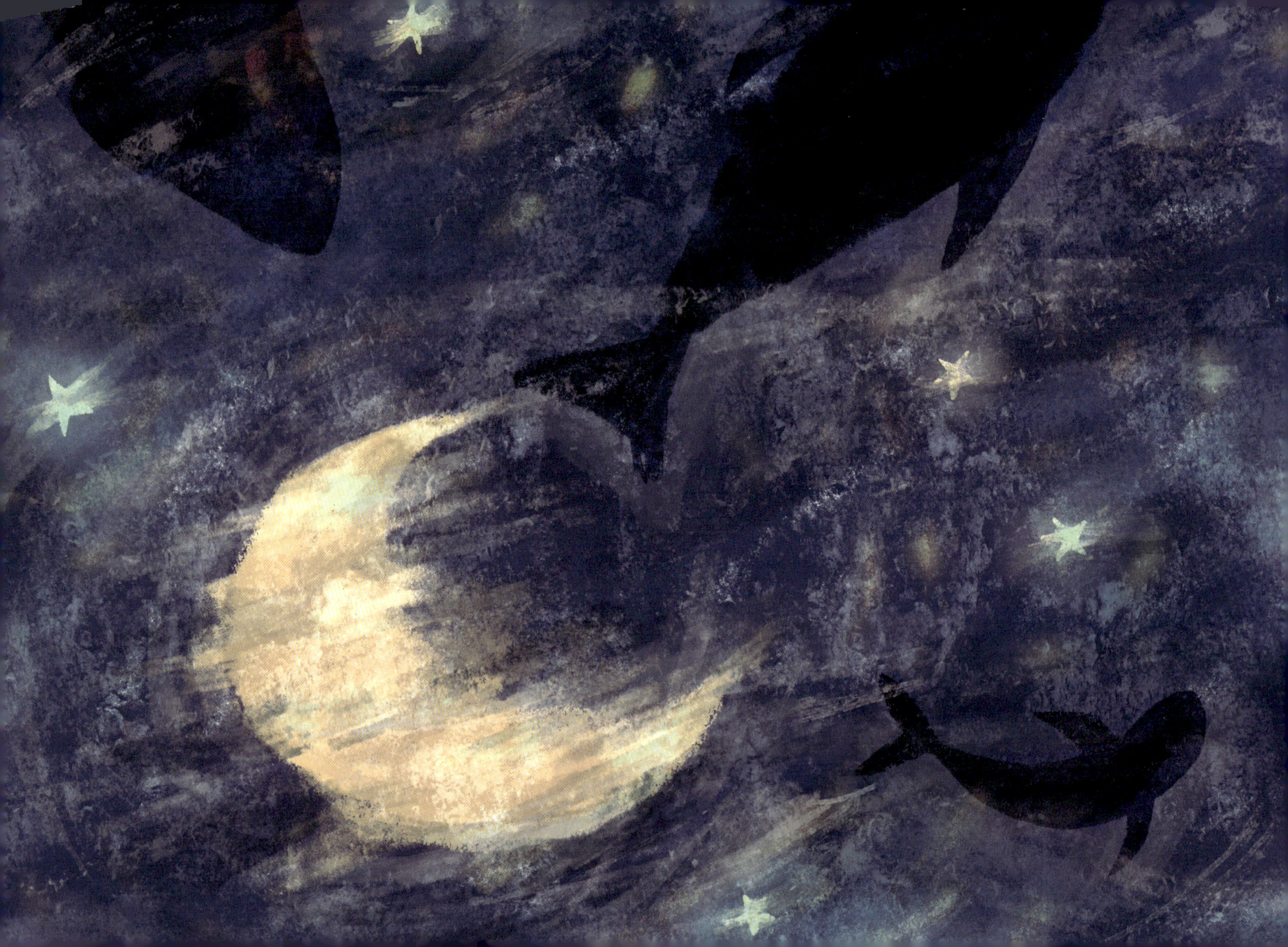

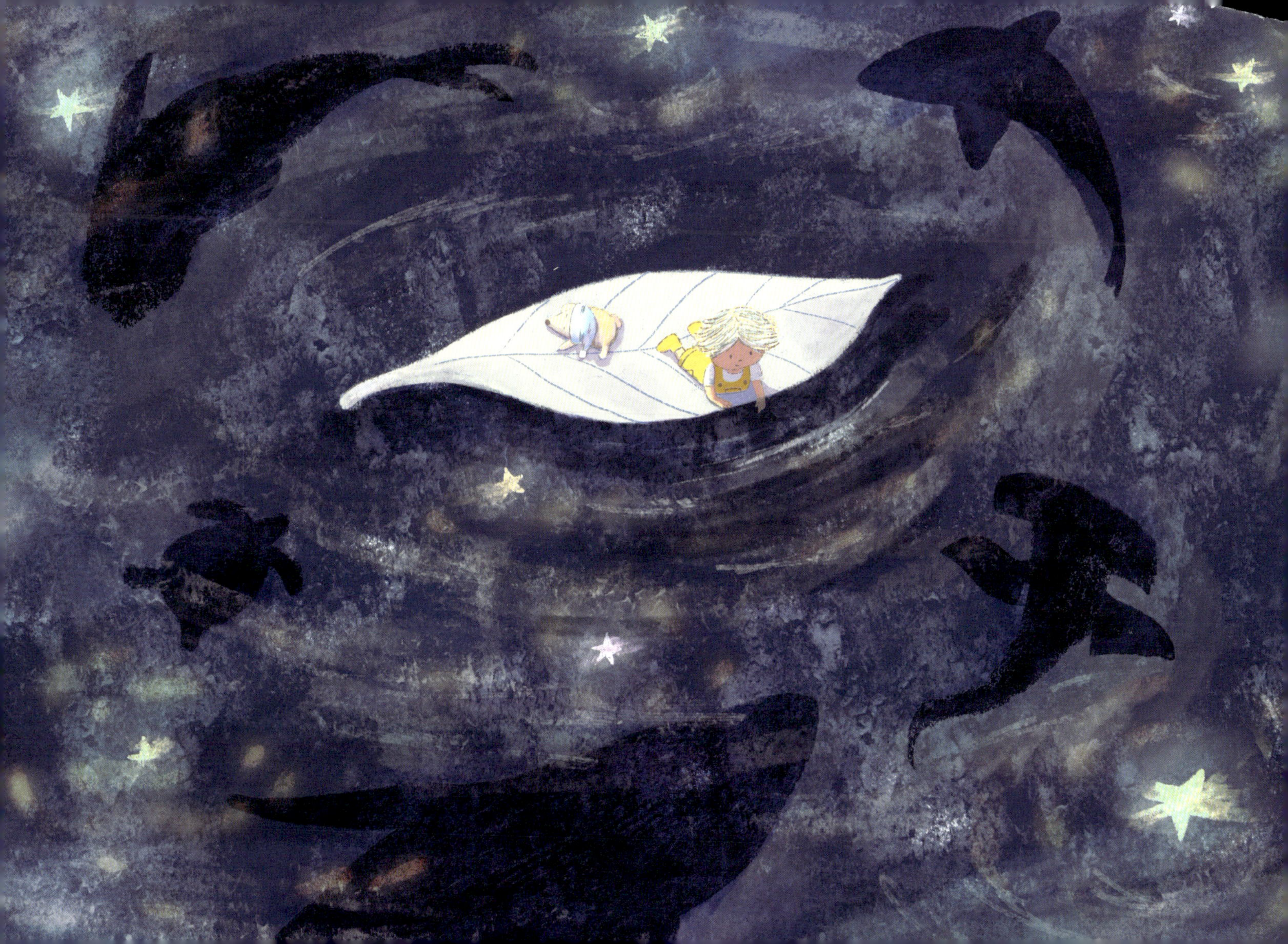

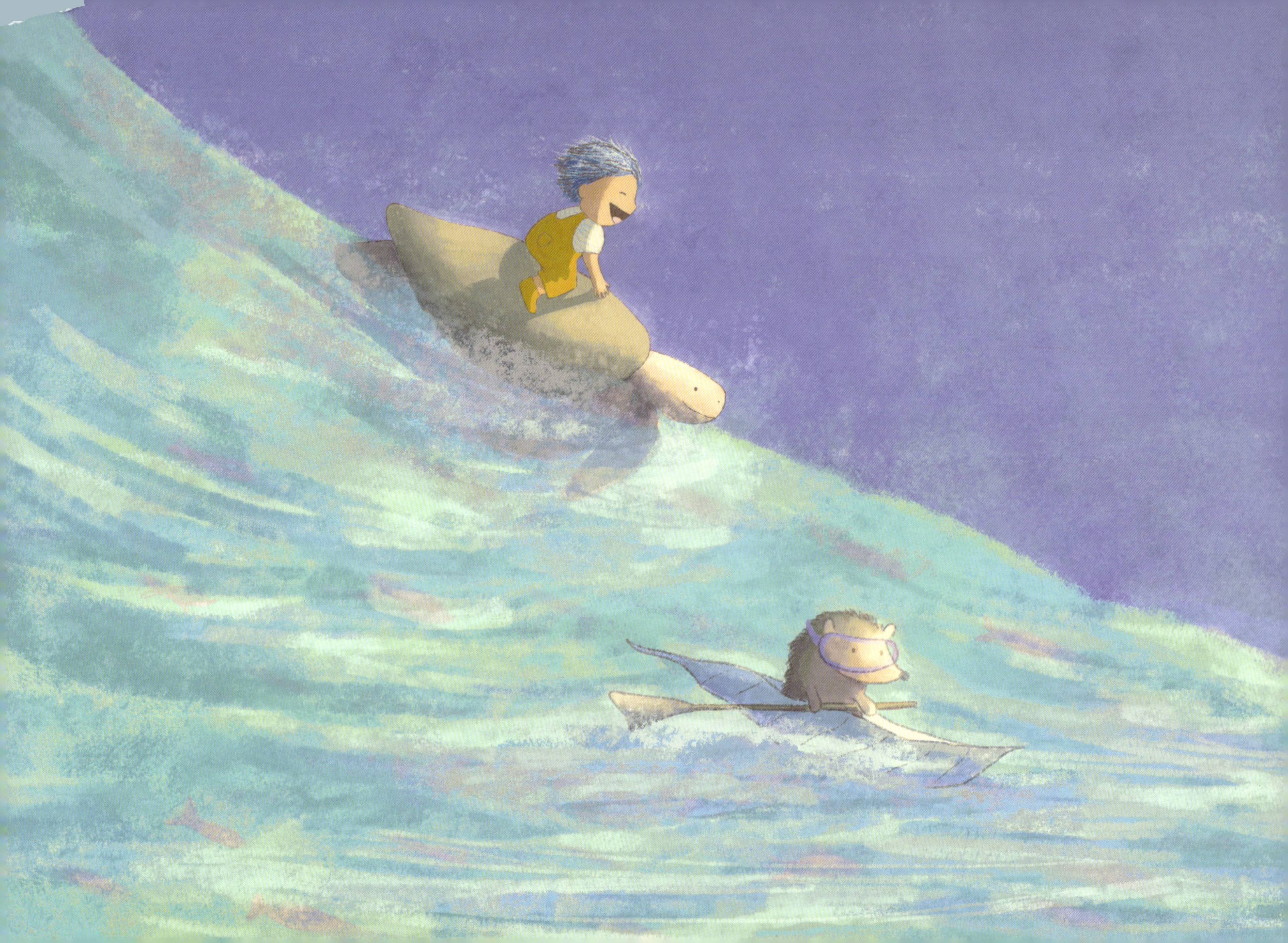

O MENINO DISSE MAR

E VOLTOU PARA O SEU CANTO.

O MENINO DISSE MAR,

POIS CONHECE TODO O ENCANTO.

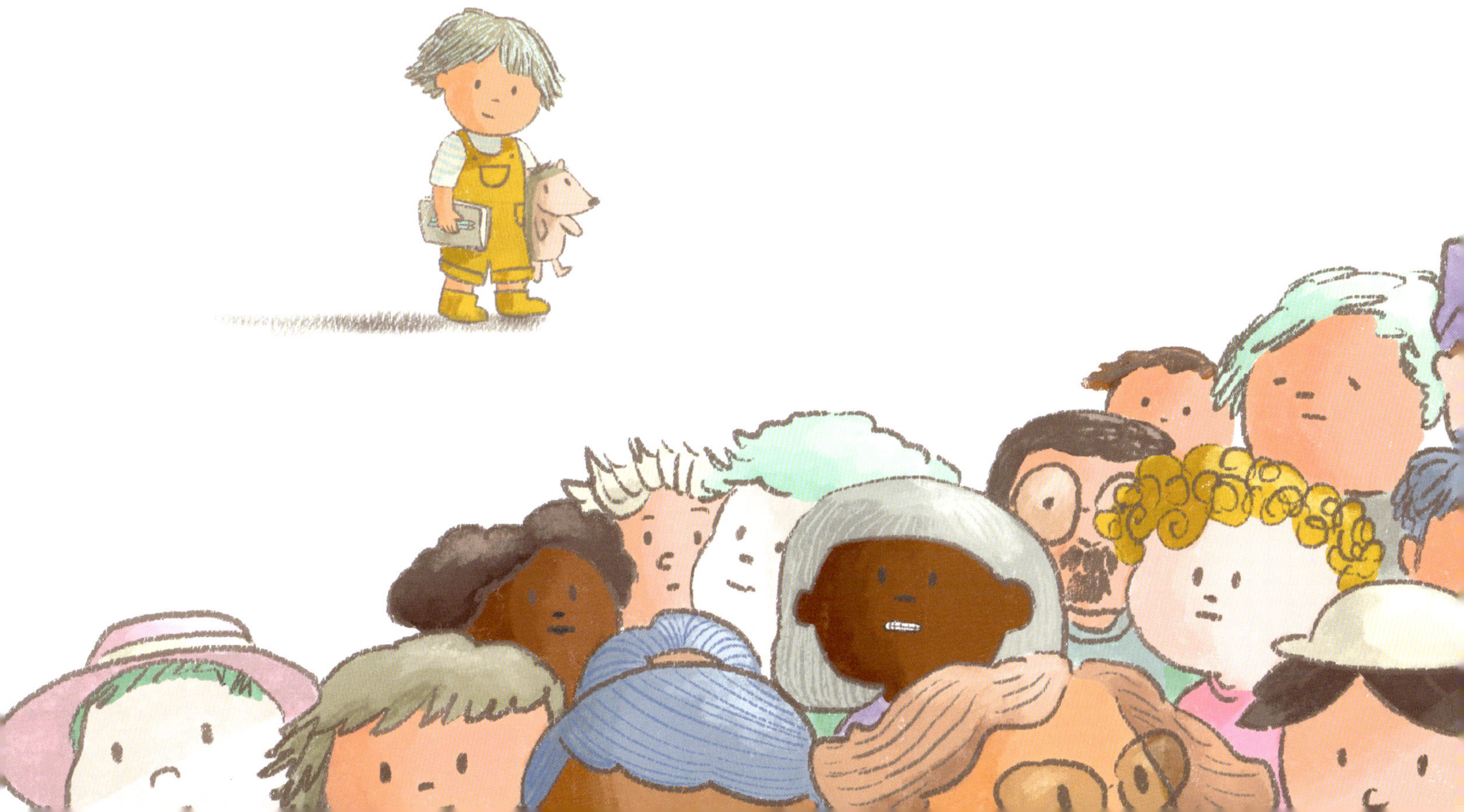

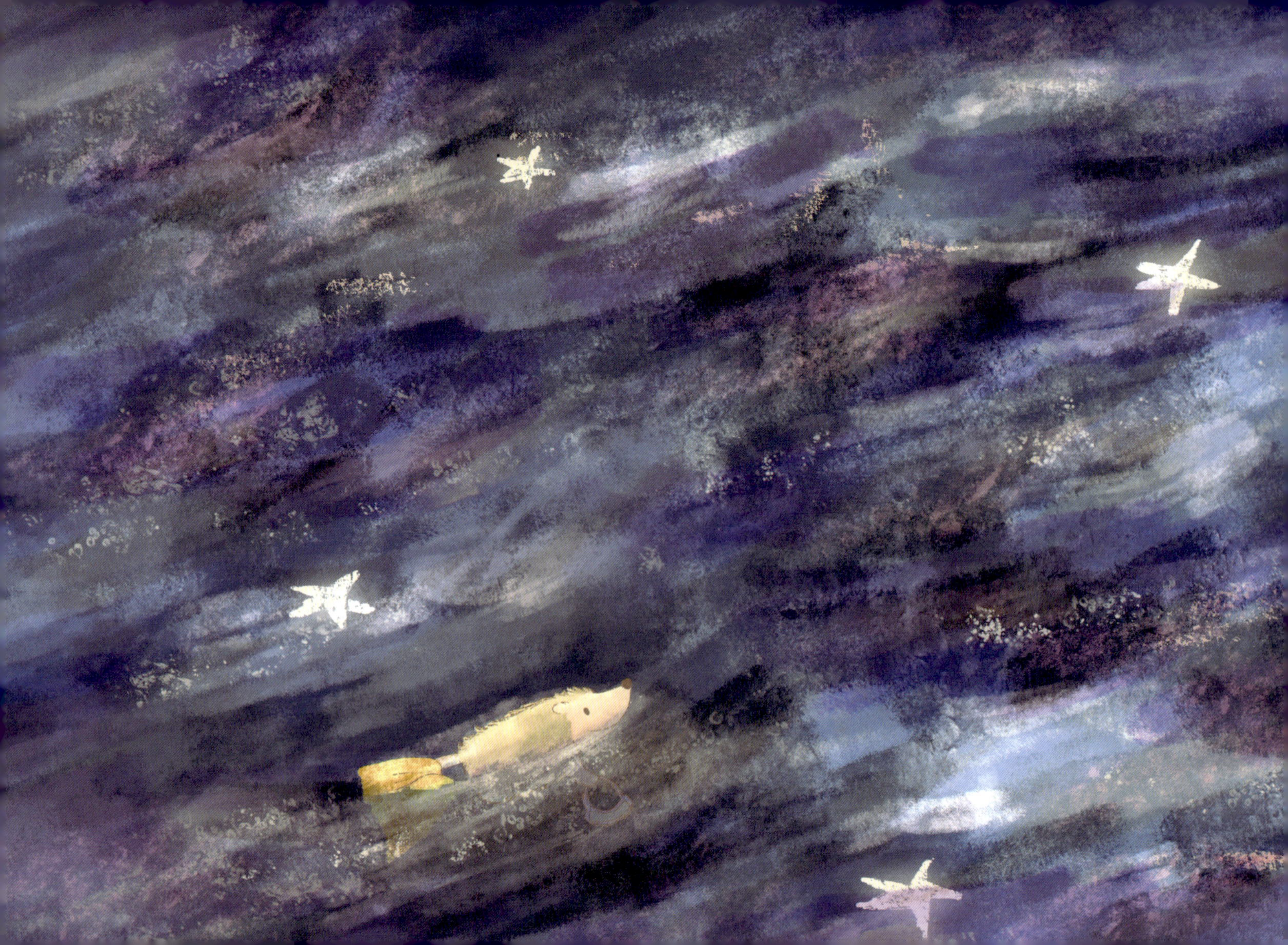

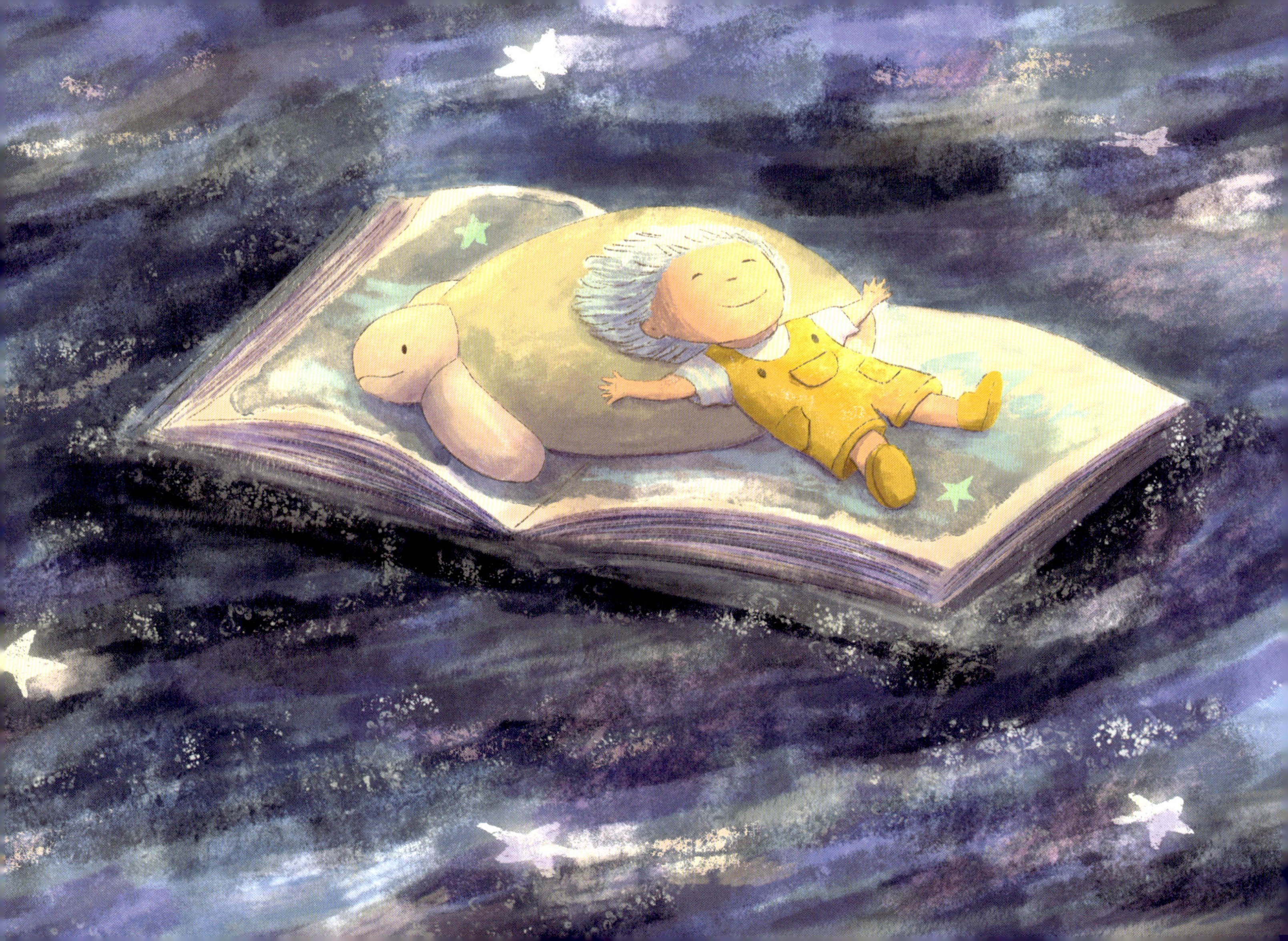

Meu nome é **ROGERIO ALVES**. Sou escritor e letrista de canções infantis. Gosto muito de brincar com as palavras. Principalmente com as várias camadas de uma palavra: o som, a escrita e o significado. É disso que nasce tudo que faço nas minhas histórias. Coloco as palavras na minha frente e pergunto coisas, depois combino cada palavra com outras, até que dá um clique (às vezes saem até estrelinhas!). É nessa hora que consigo alcançar o que está além da palavra. Ou, pelo menos, o que está além do que a maioria das pessoas enxerga em uma palavra.

    O Menino, personagem deste livro, é assim, tem muito de como eu mesmo sou. E, sem medo, mergulha nas profundezas mais divertidas que as letras mostram e contam para ele.

    Tenho outros dois livros de poemas publicados: *Poeminhas enfabulados* e *Alfabeto poético*. Além disso, mantenho um canal no Instagram chamado @coisadecrianca_blog.

Para minhas meninas, Alice e Taís.

Oi! Meu nome é **BIA WATANABE**. Trabalho com *design* gráfico e também sou ilustradora, nascida na cidade do Rio de Janeiro. Minha história começou nessa cidade praiana com um caminho cheio de ondas e surpresas em diferentes áreas. Um dia, decidi que navegaria sempre pelas artes, fosse pintando ou escrevendo.

Adoro brincar com cores, luzes e sombras, pois são os sentimentos em forma de imagem. *O menino disse mar* é um lindo poema que caiu em minhas mãos, e agradeço muito pela oportunidade de compartilhar o que imaginei dele.

O céu com suas estrelas, a luz e a escuridão, mistérios e maravilhas estão por aí nesse mar-imensidão. Aquilo que você vê neste livro, e que de alguma forma te toca, é a imensidão do mar dentro de você.

*A todas as pessoas que foram vento
para meu barco, muito obrigada.*

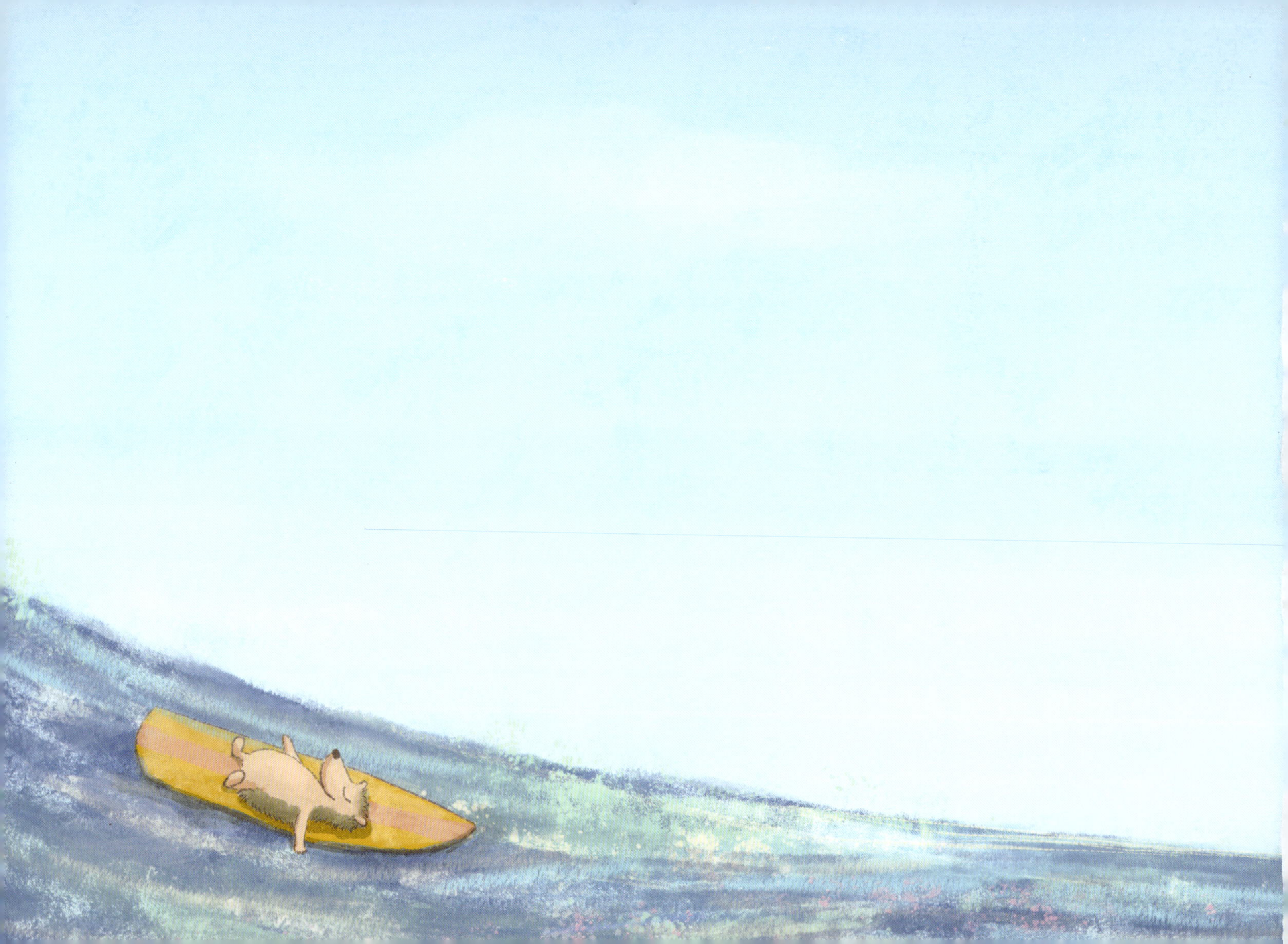

ANNE DE WINDY POPLARS

Dia de ler ANNE!

O livro mais legal do mundo

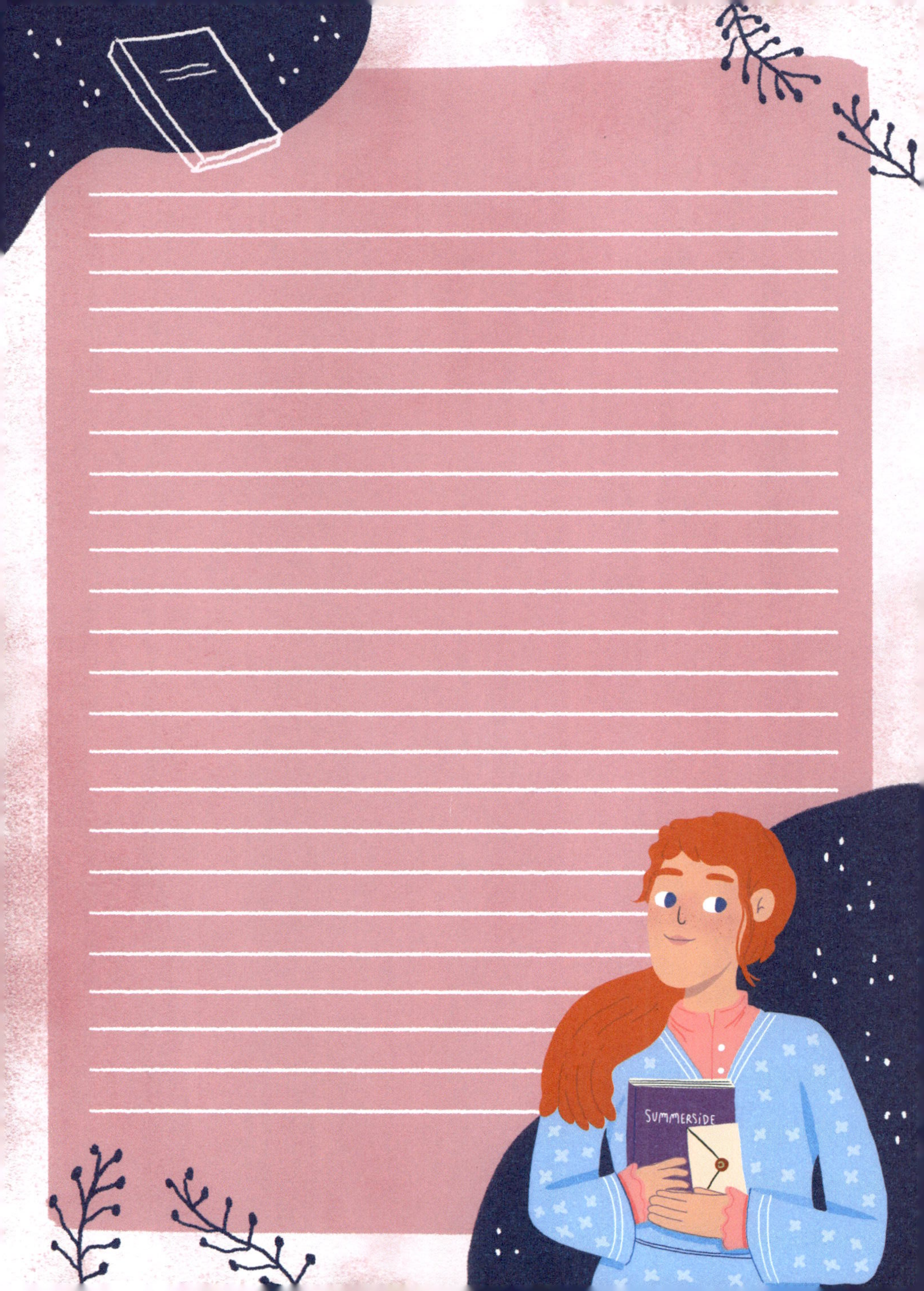
SUMMERSIDE

Oi...

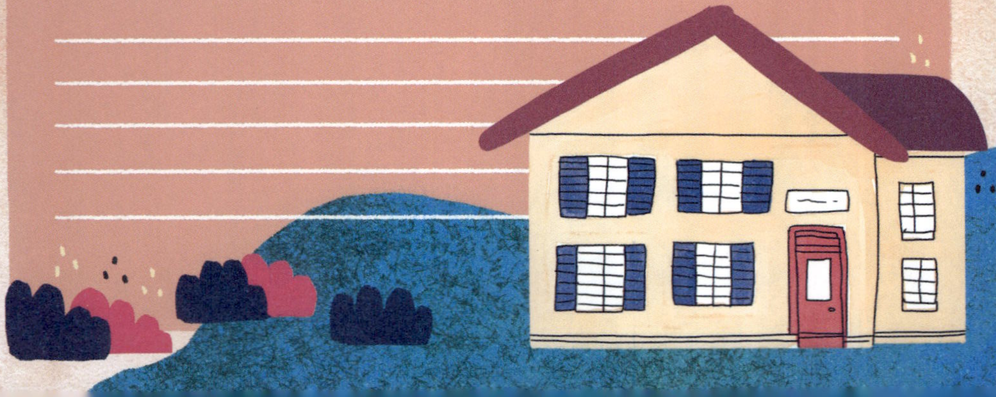

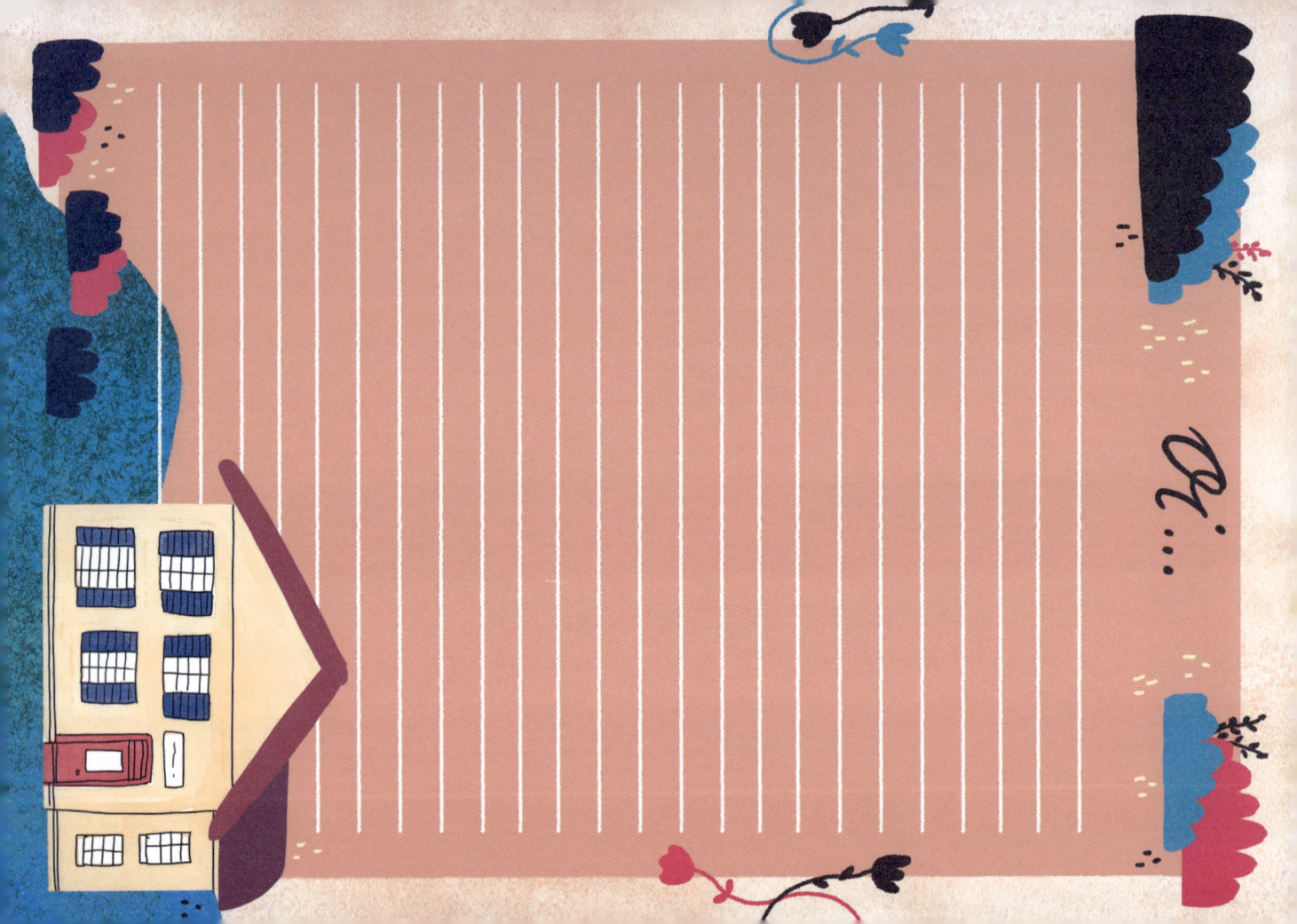